崇贤文化丛书

水乡诗咏

王跃田　赵焕明◎主编

浙江工商大学出版社

图书在版编目(CIP)数据

水乡诗吟 / 王跃田，赵焕明主编. — 杭州：浙江
工商大学出版社，2014.3
(崇贤文化丛书)
ISBN 978-7-5178-0231-0

Ⅰ.①水… Ⅱ.①王… ②赵… Ⅲ.①诗集－中国－
当代②对联－作品集－中国－当代 Ⅳ.①I217.1

中国版本图书馆 CIP 数据核字(2014)第 010280 号

水乡诗吟

王跃田　赵焕明　主编

策划编辑	沈　娴
责任编辑	沈　娴
封面设计	王妤驰
责任印制	包建辉
出版发行	浙江工商大学出版社
	（杭州市教工路 198 号　邮政编码 310012）
	（E-mail:zjgsupress@163.com）
	（网址:http://www.zjgsupress.com）
	电话:0571－88904980,88831806(传真)
排　　版	杭州朝曦图文设计有限公司
印　　刷	浙江云广印业有限公司
开　　本	880mm×1230mm　1/32
印　　张	5.875
字　　数	83 千
版 印 次	2014 年 3 月第 1 版　2014 年 3 月第 1 次印刷
书　　号	ISBN 978-7-5178-0231-0
定　　价	28.00 元

热烈欢迎省市区诗协诗人词家莅临崇贤采风

水乡诗吟

2013年5月23日，省市区诗协诗人词家到崇贤采风。崇贤街道人大工委副主任施南山向诗人词家们介绍了街道在新城建设、工业园区提升改造和美丽乡村建设等方面的情况，并对其莅临崇贤采风表示热烈欢迎

水乡诗吟

诗人词家们在文体中心大楼的展示厅认真拍照、做笔记，记下崇贤近几年来文化建设上取得的突出成绩

在中共鸭兰村支部旧址，诗人词家瞻仰革命先辈，缅怀革命烈士

在参观胡缨的绣花坊后，诗人词家们对传统的"崇贤绣花"有了新印象

文体中心主任王跃田向诗人词家介绍崇贤港区情况

诗人词家正在认真听取杨家浜农民多（高）层公寓建设情况介绍

目　　录

水乡诗吟

目录

水乡诗吟

目录

第二章·新貌当歌

水乡诗吟

目录

目 录

水乡诗吟

水乡诗吟

目录

第三章·**经济腾飞**

目录

水乡诗吟

水乡诗吟

目录

水乡诗吟

目录

水乡诗吟

目录

水乡诗吟

目录

第四章 · 红色摇篮

水乡诗吟

目录

水乡诗吟

目录

水乡诗吟

目录

水乡诗吟

目录

第五章 · 文化传承

水乡诗吟

目录

水乡诗吟

目 录

附 录·楹联

序

崇贤这个地方——《崇贤文化丛书——水乡诗吟》 | **赵焕明**

那一次,我们来到崇贤。

来到崇贤,怀着钦仰之心。听说崇贤有座沾驾桥,是因乾隆帝下江南圣驾过此遇大雨,泥泞道路的污泥沾驾而得名。这片乡野之地,便因有御驾亲临而圣光熠然起来。桥上有一副桥石对联——北往南来均沾利济,水将山绕税驾凭临——让人揣摩遐想。史载杭州有"鳜""寡""孤""独"四山。孤山在杭城人皆知之,"鳜""寡"两山在仓前,独山却蓊郁独立在崇贤。相传独山洞里有大蛇,修炼千年成龙,因遍身是泥,到东面山脚河里洗一下,因狭窄容身不下,大怒之际打了个旋,遂成龙旋子漾,叫到如今。这一桥一山,都是要到一到的。

来到崇贤,怀着敬慕之心。早在乡镇企业崭露头角之际,崇贤就异军突起,先声夺人。1985 年,全乡工农业总产值 1.18 亿元,其中乡村企业总产值 1.10 亿元,是余杭最早的亿元乡,对余杭经济与发展的贡献,是尽人皆知的。到 2004 年,工业总产值涨了 57 倍,已是 58 亿元了。如今,又是九年过去了,听说在 58 亿元基础上,又翻了一番呢!

来到崇贤,还怀着好奇之心。崇贤水系密布,沿山港、沾桥港、石前港、新星港、鸭兰港、斜桥港,还有大运河。其中鸭兰港边鸭兰村,早在 1927 年 6 月就建起了杭县农村第一个中共党支部——闻名遐迩的鸭兰村支部。而试想运河流过许多乡镇,崇贤却在运河边建起一座内河大码头崇贤港,该是一片何等壮观景象;还有,未来的崇贤新城,又该是什么模样……

就这样满怀向往,我们来到崇贤。想到的地方都到了,所见所思,都已在诗人词家的诗词联赋中表达出来。想不到的是，崇贤还给了我们许多意外的惊喜。在老街，我们惊喜于文体中心的恢宏。建筑与设备，放到区政府所在地也是毫不逊色的，可见崇贤人给了文化以应有而在其他许多地方都尚未有的地位。季刊《崇贤》，印制装帧大气精致，内容契合本土乡情。一片小小地域，居然有这么多"写手"供稿，使刊物健康地成长起来；当然，也必然是刊物推动"写手"们共同成长着。一套"崇贤文化丛书"，框架已定，一本又一本地悄然"出炉"，那种从容与井然有序，不事张扬而实绩彰然，体现的正是崇贤人数十年来形成的勤勉与务实的风格！

荷叶田田，"田田"二字恰当到让人无法用别的词汇来代替，就像三家村的藕粉，其品牌与口碑也无法被轻易替代。虽然那时荷花未开，莲蓬未擎，但那一片片清风清水的莲塘荷田，已让我们的心境也微微荡漾起来。崇贤的荸荠、慈姑、茭白都是出名的，入目一片绿意，其下却各有蕴藏。那种丰沛大度与多样随适，莫非是崇贤人的襟怀与性格使然？

我们见到了工业经济发展的勃勃生机。面积

1800 亩的临港工业园,有着依托崇贤港作业区的优势,大商引进,高商入驻;独山工业园招商引资态势强劲;崇钢区块定位为"承接未来科技城的先行区",作为沿山科创产业园来改造提升。三年以后会再造一个崇贤工业园——崇贤人自信满满!这一种大手笔,这一种"崇贤老板"的响亮品牌,这一种像崇钢集团那样举大纛永不倒的坚韧意志,这一种永远敢为人先的创新意识和精神。想来,"崇尚贤德"既是其发轫之因,又是其归宿之果哦!

我们还见到了崇贤绣品的精美绝伦,领略了崇贤绣娘的婀娜风采,欣赏到斫制古琴而卓成的名家的精湛技艺。还有江南都有的鲜果,而南山杨梅芳姿绰约,大红袍荸荠甜嫩鲜爽,三家村藕粉韵味悠长;还有处处都有的猪肉,而烧成风味独具、蜚声一方的崇贤红烧蹄髈……从这里,我们领略到崇贤这方水土的丰富多彩,崇贤人的业精于勤和精益求精,以及对生活的完美理解和追求!

这一次,我们来到崇贤,发现崇贤是一本大书,不可能轻易读完,发现崇贤是一座富矿,蕴藏了太多的宝藏。我们笔下的区区诗章只是露出水面的尖尖小荷角，洁白的莲藕却在深处。等待我们脱下鞋袜，用手脚亲吻这片热土，再来更完整地领略它慷慨给予我们的馈赠。哦，崇贤！

水乡诗忆

第一章·风光灵秀

藕娘（二首）

陈冰兰

一

小河门前绕，荷香随处飘。

莲花依藕娘，轻舟过石桥。

二

不忍莲花憔，藕娘朝夕操。

泥泞遮秀脸，汗挡芙蓉娇。

独　山

陈锡良

水网一孤峰，崇贤碧玉琮。

岁月留史料，刮目仰青松。

访荷乡遇雨

丁金川

湖上濛濛雨，微风拂我衣。

无边荷叶动，唯恐小舟迷。

荷花时节（三首）

蒋荫焱

一

罗裙荷叶色，香腮莲花媚。

人荷两难分，盈盈照碧水。

二

眼若芙蓉波，顾盼隔岸翠。

舟来心上人，一声口哨脆。

三

双桨荡清涟，渐入荷丛内。

但见新蕊摇，不知其中醉。

崇贤观光

陈志林

崇贤有独山,十里失平畴。
塘浅新荷绿,院深硕果稠。
文明年历久,绣品出东楼。
运水通南北,码头泊放舟。

步入藕乡

李友法

徒步三家村,遍地显藕池。
红花绿叶扶,极目畅心舒。
待到秋霜后,满塘藕又鱼。
往昔农夫穷,今日村民富。

看荷（二首）

陈冰兰

一

四月荷塘花意迟，银珠戏叶蝶蜂痴。

鱼游虾嬉水中玩，莲动风吹浮叶知。

二

六月荷花放满池，芙蓉出水惹相思。

肌肤似玉泥中躺，仙子凌波化藕丝。

枇杷之约

陈冰兰

花未开时捎信来，白沙红种任采摘。

盛情难却赴约至，却见枇杷独自开。

六月荷池

陈志良

六月荷塘溽暑幽，芙蓉出水碧波流。
高低错乱花无序，风含荷香扑面稠。

农家春来早

陈志良

绿雨细雨浮晓岚，陌上桑芽已待蚕。
河畔杨柳催布谷，运河碧水扬白帆。

藕

陈志良

长于碧水没无闻，叶绿荷香秀丽人。
身处淤泥而不染，清雅玉洁丝连心。

雨　后

陈志良

荷塘雨后夕阳斜，戏水蜻蜓点翠涯。
尖尖香荷才出水，亭亭玉立菡萏花。

藕　池

陈志林

闻名藕粉出崇贤，风起池塘摆翠莲。
雨后天晴开午日，荷盘珠粒闪当前。

观荷感藕（二首）

丁金川

一

荷花绿叶笑甜甜，藕在淤泥不见天，
湖上人夸颜色好，谁知水下有真仙。

二

淤泥洗净露真容，节气虚怀谁与同。

纵使粉身成水玉，犹生香气似浆琼。

荷塘回占[1]

郭贤松

夏起崇贤墅野中，千竿绿伞万年笼。

微风逗耳呈禅言，敢问濂溪[2]理亦空？

注：

[1] "回占"系自创试用词，意为二次口占。

[2] "濂溪"是北宋理学宗师、《爱莲说》作者周敦颐的号。

荷田阵雨（二首）

蒋荫焱

一

横塘过雨万荷风，素藕红莲俱兴浓。

千百花仙同入浴，明珠尽卸翠盘中。

二

斜阳脉脉上菰蒲，带雨荷花一万株。

如此风情谁会得，只因不是在西湖。

枯　　荷

蒋荫焱

寒水凝冰别有姿，残茎曲折尚支持。

线条凄美传心曲，看取冬阳照影时。

塘　　荷

蒋荫焱

舒张翠盖送清凉，独善情怀不自香。

意厌浊流偏处浊，奈何污水满池塘！

莲乡访友（三首）

李晨初

一

早闻君住荷香里，一路神驰忽到家。

笑问莲蓬能采否，开轩红藕半池花！

二

莲叶田田几点蛙，荷芳浓处是君家。

一杯藕粉晶莹玉，余味至今香齿牙。

三

尝罢莲羹烘豆茶，荷风习习透窗纱。

乡音絮絮当年事：填尽莲塘换稻花！[1]

注：

[1] 在以粮为纲的年代，莲乡人曾挑灯夜战填鱼塘、藕塘造田，尽种水稻。

见三家村荷芽有感

李福田

春荷尖尖探艳阳，犹如黠鼠试危安。

皮嫩骨软无惊惧，竖张横伸闯淆场。

重游沾驾桥[1]

楼福祥

泛舸沾桥运水东,抚今追昔记忆重。

当年趣事知多少,尽在独山霭雨中。

注:

[1] 1953 年,诗人在此工作。

采风三家村

鲁 东

采风五月美丽村,沿路枇杷点点金。

爿爿藕塘分外碧,荷花初绽迎客人。

无 题

沈一斌

车入崇贤势渐微,一峰独峙绿原围。

斜桥流翠应犹在?不见当年白鹭归。[1]

注:

[1] 横山白鸟、斜桥远翠,均为独山故景。

南山杨梅

王祖庭

满山青翠杨梅熟，阵风吹叶见红果。

果色紫红味鲜美，今年要比去年多。

三家村漫步

吴寿松

藕荡清清荷叶新，双双翠鸟鸣铜铃。

微风拂面令人醉，最爱村边漫步行。

大 杭 州

徐尔臧

钱塘自古邻西子，共饮之江母乳泉。

座座新城平地起，群星捧月月明圆。

水乡诗吟

京杭大运河

徐尔臧

浩浩漕河万里长，千年水运贯京杭。

钱塘侧畔千帆过，万舻江轮达四方。

沽驾桥由来

章熙坤

乾隆六下到江南，暗访民情旧地游。

细雨声中过小河，如今有据在桥头。

初见独山

赵焕明

孤山印学寡山石，未晤鳏山先此山。

杭域四奇[1]得秀一，葱茏独领立崇贤。

注：

[1] 史载杭州有"鳏""寡""孤""独"四山，其中独山在崇贤，蓊郁独立其中，为一景也。

沾驾桥

赵焕明

古桥有幸曾逢驾,迤逦直通帝王家。
若将皇恩比潜雨,田禾利沾绿天涯。

独山风景

郑长雨

独山四面尽平川,独领风骚是此山。
梦里春光今又是,桃花源内看耕田。

崇贤行

陈锡良

濛雨车行观短景,情知熟地未曾行。
斟推兰字寻真早,酌数荷池够几羹。
农画味浓生活写,运河水碧生态衡。
独山景外亭桥密,还待邀朋细细征。

轮船晓过鸭兰村

陈志良

船离拱墅未天明，两岸朦胧晓月沉。
窗外窥看见渔火，路途匆忙上班人。
笛鸣破晓傍村落，惊吓栖鸟掠岸腾，
远处高楼平地起，前程望见鸭兰村。

游余杭崇贤

李福田

一望平川翠绿翻，纵横阡陌系楼廊。
金针绣出兰亭序，玉露香飘越水乡。
喜看杷林屯财宝，潜移文化聚饴糖。
依天独厚玄黄地，可上青天舞霓裳。

独 山 吟

俞祥松

窥伏沃野老金鳌，昼夜轻听运水涛。

往日寺庵香火盛，今朝岫岭树花娇。

荷娘玉面偷偷看，古镇新颜细细瞧。

大道车流山下过，历经寂寞处喧嚣。

藕 乡 行

俞祥松

三家村上运河边，处处荷池别样妍。

白玉藏泥身段隐，红莲出水面容鲜。

绿杨阴里姑娘笑，碧叶丛中鸥鹭眠。

藕粉扬名人最爱，奇珍化韵酿新篇。

崇贤采风

章熙坤

五月天公碎雨扬,车轮代步下南乡。

里塘荷叶水中仰,北地茭白已上场。

机械铁臂显力量,锦织针黹绣朝阳。

巍峨住所是农宅,圆梦崇贤创富强。

独　山

卓介庚

独山突兀平原上,满目苍翠立水乡。

传说乾隆问竹名,幸有贫僧避青黄[1]。

远眺运河细丝带,俯视园区多厂房。

而今机声不绝耳,山不孤独人欢畅。

注:

[1] 当年乾隆皇帝到独山,见竹匠编竹席,问老僧:"此为何物?"僧答:"篾皮篾肉。"如说"篾青(灭清)、篾黄(灭皇)",就遭殃了。

沾驾桥

卓介庚

石砌拱桥跨水乡，沾驾两字意味长。

人说乾隆游江南，衣沾烂泥欺皇上。

桥联[1]水运均沾利，史载航船泊村庄。

古来流言讹相传，拨开迷雾见真相。

注：

[1] 沾驾桥有桥联，上联"北往南来均沾利济"，下联"水将山绕税驾凭临"。

三家村[1]竹枝词（四首）

蒋荫焱

荷　田

荷花红映半边天，好听村姑唱采莲。

三尺淤泥三尺水，养来嫩藕最甘鲜。

挖　藕

哥下荷塘摸藕茎，支支玉白出泥泞。

妹摇兰桨殷勤接，藕臂伸来更水灵。

藕　粉

沸水冲时融雪霜，羹调花蜜请君尝。

一杯玉髓来非易，细品荷香与桂香。

藕　粉　厂

名声远播三家村，千亩荷田绿绕门。

古法传承精制作，品牌亮艳比朝暾！

注：

[1] 余杭崇贤三家村藕粉以传统工艺制作，名闻遐迩。

第一章·风光灵秀

水乡诗吟

忆江南（七首）

薄松涛

一

崇贤美，顾盼自生姿。妩媚运河拖碧带，茏葱独
嵝炫[1]青丝[2]，郭北[3]小吴姬[4]。

二

听故事，做客去农家[5]。五月枇杷呼浊酒，三秋
柿子佐咸茶[6]，坐到月西斜。

三

听小调[7]，信步到村中。白叟歌紫莲叶碧，黄童
舞彻蓼花红，场圃醉熏风。

四

寻焦尾[8]，就在鸭兰村。流水高山称马氏[9]，阳
春白雪出徐门，斫制有传人。

五

风荷举，碧藕[10]匿方塘。百顷池开花解语，三家

村产粉称王,海国亦流芳。[11]

<h2 style="text-align:center">六</h2>

独山麓,蜂蝶眼迷离。翅拍千红枝不颤,针穿万紫蕊无饴,安识绣花奇。[12]

<h2 style="text-align:center">七</h2>

崇贤忆,最忆鸭兰村。蛰起龙蛇飞碧血,长陈俎豆酹忠魂,盛世喜传薪。[13]

注:

[1] 独嶮:嶮(yǎn),小山,此谓崇贤之独山。炫,矜诟也。

[2] 青丝:黑发。

[3] 郭北:古称杭州之北地区谓郭北。

[4] 吴姬:吴地美女。喻崇贤若美女也。

[5] 崇贤民间艺术资源和非物资文化遗产颇丰,民间故事流传广久。

[6] 咸茶是崇贤老百姓爱喝的一种特制茶,也是他们待客之佳品。

[7] 崇贤民间小调亦为民俗文化的有机组成部分,颇具浓郁的乡土气息。

[8] 焦尾:琴名,即焦尾琴。《后汉书·蔡邕传》:"吴人有烧桐以爨者,邕闻火裂之声,知其良木,因请而裁为琴,果有美

音,而其尾犹焦,故时人名曰焦尾琴焉。"后泛指古琴。

[9]鸭兰村古琴斫制名家马岳思,技艺精湛,每年斫制古琴几十张,皆质地优良,誉满遐迩。马岳思为现代浙派古琴大师徐元白之子徐匡华的传人,匡华子承父业,乃当代古琴名家,马岳思曾受其亲授。

[10]碧藕:神话中仙人所食之藕。宋晏几道《鹧鸪天》:"碧藕花开水殿凉,万年枝外转红阳。"此指崇贤所产之藕质臻上品。

[11]三家村藕粉厂的藕粉产品,质量上乘,名闻中外。1972年美国总统尼克松访华来杭,品尝了三家村藕粉,赞赏有加,并受赠带回国。

[12]崇贤民间刺绣历史悠久,品位高雅,工艺精湛。到2011年崇贤有绣花女5000余人,绣花产值逾2亿元。现独山工业区设有绣花厂多家。

[13]1927年6月中共鸭兰村支部成立,乃杭县第一个党支部,早期党员在白色恐怖环境中,英勇斗争,前仆后继,不怕流血牺牲,而今成为人们脑海中永远不能忘却的红色记忆。如今鸭兰村早期党员的第二代、第三代在新时代里继承父、祖辈光荣革命传统,为建设社会主义新农村做出了优秀成绩。

南乡子·春风三月鸭兰村

陈志良

春梅百花开,碧水残荷绿意迴。乡野春风三月雨,朦胧,烟雨运河晓晴岚。

致富有人带,桑陌花果绿荫繁。稻菽荷塘千里翠,烂漫,万里东风拂鸭兰。

采桑子·端午观龙舟赛有感

范次刚

阡陌水巷柳枝绿,但见飞舟,频起龙头。桨划百舸争上游。

依栏遥望众生相,冷水悠悠,暖阳柔柔。独映斯人影回眸。

渔歌子·探访三家村

范次刚

碧水池塘洄流庭,小桥墨客寄语真。
莲叶青,藕花馨,三家景色似酒醇。

临江仙·南山杨梅

葛　杰

叶茂枝繁藏翠岭,任凭雨雪寒霜。风摇倩影着蓝妆,不招蜂起舞,不惹蝶寻香。

藏贮一冬绮梦,菁菁屹立山冈。梢头雀鸟闹春光,请君倾耳听,矢志铸辉煌。

落梅风·崇贤春色

葛　杰

新荷尖角映朝墩，杨梅红彻山原。枇杷园里醉芳魂，百花繁。

遥看大港巍峨起，吊车力大如神。艨艟雄泊运河滨，展鹏鲲。

行香子·颂荷

葛　杰

朝日迎阳，身卧池塘。绽奇皅、盈果莲房。风摇倩影，正着红妆。看叶如瑛，梗如柏，姿如凰。

淤泥中出，不染泥浆。濯清涟、漫舞罗裳。夏时色靓，冬送残芳。藕丝儿绵，肤儿白，味儿香。

忆江南·崇贤四季美（四首）

葛　杰

春

崇贤美,春燕绕琼楼。沾驾桥头芳草碧,运河两岸啭莺喉。布谷闹田畴。

夏

崇贤美,荷壮绿汀洲。翠盖迎风摇锦帐,莲蓬结子兆年麻。舟动橹声柔。

秋

崇贤美,客满运河头。订单飞来看不歇,品牌藕粉越洋洲。户户庆丰收。

冬

崇贤美,冬雪暖田丘。致富大棚瓜菜壮,枇杷删果不言休。共赞业嘉猷。

潇湘神·沾驾桥赏荷（三首）

葛　杰

一

沾驾桥，沾驾桥，池荷出浴舞桃夭。沐雨经风浑不怕，炎炎晴日逞风骚。

二

荷叶菁，荷叶菁。莲蓬结籽透芳馨。雨后长空风乍起，花姿摇动逗蜻蜓。

三

花影重，花影重，童儿溪畔剥莲蓬。翠盖丛中多笑语，农家今富唱玲珑。

沁园春·崇贤

宋佐民

澍雨春风,暖日融融,秀丽独山。望莲塘映碧,小荷露角;雀湖流彩,大网捕鲜。藕粉飘香,荸荠争宠,美味蹄髈数百年。欢歌起,醉沾桥夜色,风月无边。

中华自古崇贤。继创拓新城谱巨篇。更弘扬德政,腾飞经济;传承文脉,美化家园。生态立街,和谐兴镇,港运工农百业翩。融都市,住宜居福地,美梦同圆!

长相思·情系崇贤

夏洪华

过桑田,走陌阡,地里耕耘青壮年。来回路八千。屋数椽,提鱼筌,河里小鱼是食鲜。家中只缺钱。

美丽洲,绿化优,大道直宽车辆流。运河企业留。农民悠,住高楼,配套小区心愿酬。齐声新政讴。

行香子·参观崇贤三家村

荣柏林

一路车轻,几处宾朋。沿途是、田纵塘横。浦风习习,绿野如屏。有蘋花青,菱花白,荷花赪。

三家村内,香藕盈庭。徜徉处、碧水莲亭。诗情豪放,忽思杭城。正孤山秀,寡山静,独山兴。

忆江南·崇贤好

谢峻龙

崇贤好,生活可从容,屋内花香窗外客,村头披彩舞苍龙,明月照青松。

西江月·独山

姚林中

山小名头却响，迹多邻里尤珍。周遭村落百河津，故事听来难尽。

采石谁留好字，寻途客趁新晨。眼前沃野望无垠，岂有吟声借引。

[越调] 天净沙·夏日荷池[1]

马炳洲

烟波浩渺湖光,飞红泼绿荷香,俏丽芙蓉艳赏。神怡心旷,熏风微拂池塘。

注:

[1] 笔者参观三家村藕粉厂,厂四边都是藕塘,田田荷叶很是动人。

水乡诗叶

第二章·新貌当歌

詩

崇贤新貌

沈嘉新

平地建高楼，山河重整修。

城乡成一体，遍地是芳洲。

观农民高层公寓^[1]有感

吴寿松

往日四维村，民房旧又乌。

今朝公寓耸，老调变新歌。

注：

[1] 此公寓为崇贤四维村杨家浜农民多（高）层公寓。诗中的"歌"读 gū。

第二章·新貌当歌

水乡诗吟

第二章·新貌当歌

崇 贤 吟

陈理清

杭州北大门，就是崇贤镇。

地理位置优，杭钢是毗邻。

环境资源特，工业基础实。

杭州主城边，前沿阵地先，

发展有远见，运河港口建。

重大项目多，转型升级连。

骨干工业好，产值百亿超[1]。

百善孝为先，崇德又倡贤。

党史基础早，鸭兰支部先。

光辉照全镇，传统古今现。

文化底蕴厚，非物遗产多。

村社活动所，总量超六十。

文艺骨干队，戏舞演唱彩。

崇街才女美，专著爱承载。

创作队伍崭，书刊报出版。

文化发展快，省厅授奖牌。

教育抓得紧，校园面貌新。

德智体美好，桃李满华夏。

水乡风光秀，环境吸人游。

名优特产多，藕粉古琴绣。

新村大楼建，规质环绿全。

各项业绩优，荣誉挂满楼。

崇贤工作佳，党政领导好。

注：

[1] 2012年崇贤工业总产值超121亿元。

旧地重游感赋

步慎观

今日崇贤面貌新，高楼大厦向天伸。

汽车穿越闹街市，不见当年熟悉屯。

崇贤赞（二首）

陈烈夫

一

尚崇贤德源文公，鸭兰圣火燃熊熊。

改革劲风兴万物，美丽乡村欣向荣。

二

雄风重振聚人心，处处风传捷报音。

开放高歌主旋律，新城建设时时新。

鸭兰村

陈烈夫

历尽沧桑九十年，鸭兰薪火代代传。

春风又绿小康道，喜展宏图谱新篇。

街道建设美

陈明松

崇贤街道近杭城，初露雄姿惊世人。

路畅车行提品位，耸峙高楼百业桢。

乘车过崇贤新街（二首）

葛 杰

白 天

鳞次民居闪眼眸，绵延十里不胜收。

欲观新市高楼尽，无奈行车不许留。

夜 晚

星灯闪耀饰银河，入夜琼楼映彩波。

顾盼流连观闹市，长街穿越听轻歌。

赞多层公寓

楼福祥

四维公寓耸云天，多套住房喜若仙。
滨岸小区优配套，安居乐业福无边。

崇贤新城遐想

鲁　东

道路纵横花木盛，厂房栉比少烟尘。
房居融合水韵美，杭北又增一新城。

新城（二首）

马炳洲

一

矗地新楼映彩霞，高格雅韵进农家。
庭园花木蛱蝶舞，绿意怡情享富华。

二

绿色妆成万物新，水清景秀鹭归林。

田方路畅河流碧，生态人居处处春。

记崇贤四维村杨家浜农民高层楼

裘维炯

礼义廉耻四维誉，史载四维返观虚。

改革创新今日见，高楼廿层小民居。

三家村人梦

裘维炯

三家村里藕花香，藕粉当留百世芳。

棚盖荷塘新智慧，追求梦想路正长。

童　年[1]

裘维炯

七载童年在崇贤，前村小学记犹鲜。

翻天覆地新面貌，时代风光证眼前。

注：

[1] 家父裘立在崇贤前村小学当教师十年，抗战后返故乡执教终生。所以我童年在崇贤前村度过。

赠绣花姑娘

裘维炯

人面绣花笑语频，风光扑面四时春。

诗翁当下品评语，人似鲜花花似人。

独　山

沈嘉新

圆圆独山佛陀头，四面善目看山丘。

时代巨变新气象，失地农民住高楼。

杨家浜建设多（高）层公寓

唐吉太

昔日农民住草房，如今建屋砌高墙。
多层公寓人兴旺，清洁卫生喜气洋。

颂 崇 贤

吴正贵

崇贤崇德最美人，兴治民风献爱心。
合力拼搏创大业，正能正气似阳春。

新　　城

徐尔臧

新城奠基初伊始，白纸蓝图气宇轩。
热火朝天兴土木，高楼大厦矗云天。

爱 山 水

姚徐余

依山傍水栽深情,爱国爱家耄耋心。
我盼山水蓝又绿,拓片净土给后人。

让 座

姚徐余

公交车上春风吹,和谐余杭生活美。
七十老人上车后,青年争相让座位。

四维新村

俞祥松

琼楼林立画中居,齐赞神工巧布局。
仙女南门窥世界,急趋落户觅佳婿。

忆崇贤工业首破亿元关

赵焕明

楼台近水倚钢城，村组隆隆竞发声。

不跨农门圆夙愿，笑称黄土已成金。

农居安置点

郑长雨

东方旭日映高楼，喜见宁杭接九州。

绿树红花长相伴，园林深处景悠悠。

崇贤老板

卓介庚

为觅商机奔天涯，欲聘良才诚无价。

创业甘做孺子牛，辛劳铸成不谢花。

咏 崇 贤

卓介庚

崇奉一方水精灵,尚文有继运河人。

贤达良才村村有,德望远播又逢春。

赞崇贤街道

陈理清

崇尚贤德利人行,品质优良好一生。

社会和谐人是本,小康生活靠勤诚。

崇贤各业昌盛嵘,优秀荣誉挂满厅。

爱的传承皆赞颂,民间拾艺众欢迎。

赞四维杨家浜家居安置房

陈理清

杭宁高铁拆迁房,九重新楼设建良。
广大集团精湛筑,崇贤街道管经常。
百年大计皆关注,幸福居房尽瞩望。
政策方针暖住户,民生利益靠中央。

农居羡

陈锡良

美丽乡村大主题,春风着意马扬蹄,
兼山兼水宜居境,柔外柔中养眼迷。
旧宅换新儿孙福,城乡融汇职商齐。
富农良策江山固,本亦农家羡农居。

赞 崇 贤

葛 杰

崇贤奋起写春秋，改革宏图社稷谋。
开放引凰创伟业，拓荒务实做黄牛。
产城融合擎征帜，建港泊船迎远鸥。
高架宽衢通四海，新城名气播神州。

马继春创业清廉颂（藏头诗）

胡正陶

马跃平川百业兴，继承革命一肩承，
春雷报讯连天响，创导村民富路登。
业绩频频丰硕果，清心默默显才能，
廉明正气驱污淖，颂德英名四海升。

农民多层公寓

康烈华

高楼突兀耸千仞,庭院洁净绿荫深。

居室轩敞阳光足,电梯上下步履轻。

开门即闻鸟啾唧,启窗犹送空气新。

莫道高楼属城市,今换农民乡下人。

安贤园挽歌

李友法

清明时节,赴崇贤街道安贤园祭祖,缅怀列祖列宗,感慨万分,拙赋小诗:

群山荒坡雨朦胧,遍野碑林赛苍穹。

清明时节踏古土,心沉意诚缅祖宗。

往日艰辛创奇功,今朝安贤四时同。

双膝跪拜诉衷肠,儿女思情泰山重。

崇尚贤德拓展才能（藏头诗）

许柏康

崇杭十里建新楼，尚感民安环境优。

贤是传承兴百业，德为文化载千秋。

拓宽思路举良策，展望前程看重头。

才俊旷达逢盛世，能人辈出尽风流。

天堂小村——访故里前方桥

姚徐余

桥下流水漾清波，两岸新楼丽景多。

浓荫密林遮烈日，清风送爽人气和。

歌声舞影时隐现，织机隆隆胜田歌。

天堂小村前方美，儿童戏逐乐相呼。

崇贤绣娘

俞祥松

碧水清灵绣女妍，一双巧手赛织仙。

针飞引入同巢燕，线走结出并蒂莲。

万缕情丝融玉锦，三春秀色润朱颜。

神奇全赖尖尖指，装扮泽乡五彩天。

为崇贤三家村藕粉厂放歌

韩铭德

崇贤之乡瑞气氤，荷花仙子下凡尘。

三尺污泥三尺水，千朵莲花百媚生。

十里荷塘连阡陌，藕粉名噪三家村。

休闲品尝不释手，国宾食之赞连声。

芙蕖止血亦治痢，除湿益脾补虚损。

藕粉磨浆千遍沥，细齑沉淀块状凝。

削粉薄薄如蝉翼，透明晶莹若脂粉。

八道工序手操作，精工赢得席上珍。

漫道甜羹味甘醇，却有工人汗湿巾。

词

多丽·崇贤颂

葛 杰

望南山,杨梅缀满枝头。有春风、吹皱绿水,运河两岸清幽。独山中、排排翠柏,青岭上、两两飞鸥。沾驾桥头,荷尖茁壮,名牌藕粉越洋洲。旧游处、茅房破舍,旧屋换新楼。赞新港、行车耸峙,景更嘉猷。

忆从前、羊肠小道,瘦田秃岭荒丘。看今朝、新城崛起,民变富、遍地流油。琅琅书声,盈盈笑语,春光曲曲映人眸。烈士血、何曾忘了,多少梦还留。崇贤美、四维故地,可忆人不?

诉衷情·参观多(高)层四维农居点

韩铭德

宽辽大地建工忙,幢幢大楼房。西欧时尚格式,点缀农家乡。

电梯上,念三阆,室宽敞。惹忙农汉,精巧装潢,难辨城乡。

浣溪沙·先觉巾帼

康连耿

旧恨新仇志不移,阿蓝巾帼胜须眉,披星戴月听晨鸡。

血雨腥风寒夜戾,红妆不抒着缁衣,先贤热血铸宏基。

霜天晓角·崇贤港新城一角

康连耿

港湾看轮廓,浪卷舸舟争速,才回首、千帆跃。
漫道去年尚少,工农业、俱非昨。

江城子·采风崇贤宁杭高铁安置区块

潘友福

又逢细雨采风中,看楼丛,兴犹浓。公寓高层,巧夺天工。赫赫向人骄欲语,留客驻,展雄风。

楼群林立似仙宫,望晴空,瑞光崇。华丽称雄,排屋舞东风。锦绣园区人忘返,歌盛世,乐融融。

西江月·四维农民多高层公寓

宋佐民

自古茅棚草舍,年年赤脚田郎。愁风怕雨度时荒,亮丽高层未想。

改革迎来机遇,新城崛起家乡。排排靓宅焕崇光,幸福家园共享。

鹧鸪天·崇贤采风

王华根

细雨潇潇初夏天,采风撷趣到崇贤。追寻红色青春路,指点新池白玉莲。

中国梦,着鞭先,新村新港写新篇。崇贤尚德文明路,梦绕魂牵兴未酣。

长相思·情系崇贤（二首）

夏洪华

一

到崇贤,忆从前,六十年前责在肩。走乡入户穿。

话连连,政策宣。人口普查户籍编。迢年意志坚。

二

汗水流,泪水流,住宿破祠屋角头。学烧饭菜愁。

乡校投,老师求,复式四班[1]师独筹。甘为孺子牛。

注:

[1] 乡校只一个班,一个老师,却是四复式。

西江月·咏崇贤

姚林中

荸荠慈姑销远,荬瓜藕粉称雄。水乡物产比邻丰,问史还知成贡。

轻纺服装誉满,冶金机械声隆。率先超亿势前冲,工业繁荣圆梦。

江南好·赞崇贤

赵昭诚

崇贤美,靓丽水乡情。车水马龙楼宇耸,产城融合效丰盈。奋力建新城。

水乡诗以

第三章·经济腾飞

崇贤水中四宝

陈冰兰

茭白披绿衣，慈姑爱燕尾。
荷花生莲藕，凫茈唤荸荠。

访崇贤港区

范次刚

伫立新港区，聆听流水歌。
忽闻汽笛响，一帆过运河。

崇贤刺绣

康烈华

飞针蜂蝶舞，穿线闪电亮。
五指布乾坤，手底遍春光。

咏崇钢仓库码头

楼福祥

月低吊塔高，船坞驳江涛。

万户高楼骨，全凭质量销。

三家村藕粉（二首）

沈嘉新

一

荷藕做藕粉，原产三家村。

兴衰经几度，而今又复兴。

二

自制自产真藕粉，粉白清香益心身。

独此一家享专利，江浙沪苏远驰名。

三家村（二首）

姚徐余

一

三家称一村，隐含古神韵。

绝技制藕粉，百年早扬名。

二

如今三家村，业大财兴旺。

佳品飘海外，世人口福享。

崇贤采风诗（三首）

康连耿

茭　白

茭白出清池，调羹有玉姿。

侍君饕口福，柳绿菊黄时。

莲　荷

十里莲荷映碧泉，枇杷落尽始初妍。

清晖昨夜丝丝雨，莹盆摇珠曲又圆。

摸　藕

炎夏汗如汤，青年体魄壮。

卷拢牛仔裤，卸下名模装。

不怕脏和累，唯为藕满场。

制成真藕粉，远销五洲商。

寻三家村藕粉

谢峻龙

久讯藕粉香，随行寻作坊。

小桥流碧水，荷叶半空扬。

别惜莲花谢，池边小屋忙。

诗翁情切切，举目好包装。

手削千层片，名牌工艺王。

神州连四海，无处不登场。

藕　粉

章熙坤

江南有藕薗，盛产西子地。

荷茎水中根，洁白如玉臂。

拿来磨似泥，又作细分析。

取块削薄末，驱湿成粉剂。

装包套彩纸，饰物看诗意。

旧做皇家羹，今为百姓吃。

崇贤港区即景吟

步慎观

诗友采风抵港湾，码头寂静午休闲。

龙门机吊臂欲擎，似见五洲起风雷。

藕粉一名牌"三家村"

步慎观

小村旧事记当年,藕粉名声祖辈传。
制作精良成上品,畅销中外赛先贤。

崇贤绣花(二首)

陈法根

一

入厂难忘举目新,纷繁绣品数难巡。
裱装发货人无几,唯独难寻刺绣人。

二

绣品源源往库加,老师装裱寄天涯。
要知绣女人何在,线线针针在自家。

三家村藕粉

陈法根

长夏花开压众芳,适时迎客待观光。
粉身碎骨仍无畏,留得芳名供品尝。

咏三家村藕粉

陈国明

莲叶莲花绿映红,藕埋泥淖亦玲珑。
一身洁白人间去,走向万家香梦中。

崇贤工业

陈明松

工业腾飞人报春,家纺布艺有名声。
经营规模超全县,区块提升已富民。

多种经营发展好

陈明松

红烧蹄髈早有名，藕粉品牌销北京。
鲜美荸荠甜似蜜，五月枇杷胜果莘。

三家村藕粉（三首）

陈锡良

莲　　池

月上莲池俯影动，娇花羞涩醉朦胧。
倚身碧叶含苞放，窃喜情丝孕胖童。

香　　藕

荷花处处开，独此喜栽培。
莫不痴迷色，兼因水土催。

藕　　粉

脂胴尤胖墩，削孔帛丝纤。
巧手碾成粉，清纯滑爽甜。

藕　粉

陈志良

洗净污泥不染瑕，精工细作晒精华。
润和玉洁成贡品，永葆清廉誉美霞。

歌刺绣工艺（回文诗）

胡正陶

连针万线绣妍篇，线绣妍篇绚丽天，
天丽绚篇妍绣线，篇妍绣线万针连。

歌三家村藕粉（回文诗）

胡正陶

香莲碧翠溢荷塘，翠溢荷塘玉藕长，
长玉藕塘荷溢翠，塘荷溢翠碧莲香。

独山下赏刺绣有吟

蒋荫焱

合将亭阁连幽径,绣入余杭九叠屏。
敢与孤山争秀色,从兹不负古来青。

崇 贤 港

李雪华

巨舸昼眠虎打盹,高吊穿云龙养神。
一朝惊蛰风雷动,虎跃龙腾万马奔。

三 家 村

李雪华

小小一个三家村,山不高来水不深。
只缘世代出藕粉,声名远播遐迩闻。

三家村藕粉

楼福祥

蓝天叶绿荷花艳，节藕起泥下夕阳。

削片磨浆成玉液，稠糊厚厚嘴留香。

参观崇贤刺绣厂（新声韵）

楼世德

从来刺绣受欢迎，现代工艺更上乘。

机制手工多珍品，崇贤厂里客如云。

赞三家村藕粉（新声韵）

楼世德

崇贤藕粉有名声，产品刀削名倍正。

货真价实声望大，俏销城市和乡村。

观绣花厂画作有感

鲁 东

蝶飞燕舞百花妍,只只画框色彩鲜。

绘绿描红谁手巧,农家姐妹绣春天。

题崇贤蹄髈

鲁 东

蹄髈美味早闻名,独特烹调制作精。

品在嘴中香扑鼻,油而不腻润我心。

咏崇贤新港

鲁 东

船载车运进出频,天车运转忙不停。

莫愁货物如山积,瞬间送到自家门。

崇贤港感赋

裘维炯

万里长城万里河，如今已不见干戈。
崇贤港小犹巨此，赢得万民击芦歌。

崇　　钢

沈嘉新

大运河宽南北通，崇钢炉火日夜红。
工业园区真热闹，繁荣经济建奇功。

崇贤港雄姿

宋佐民

巨舶能容半座山，车船载卸正忙欢。
龙门大吊来回接，水陆中枢辐辏宽。

民间刺绣

宋佐民

五千绣女不寻常，巧手精工名远扬。

送去衣裙添锦彩，赢来岁月倍舒香。

崇 贤 美

唐吉太

翁郁独山白鹭飞，荷塘蘋藕鲫鱼肥。

姑娘纤细绣精美，巧夺天工显翠微。

品牌藕粉三家村

唐吉太

青青莲叶满池塘，鲜藕粗壮水下藏。

传统加工精技术，品牌效应远名扬。

赞运河崇贤港

唐吉太

港口码头货物盈，巨轮千吨运河行。

满装快运忙吞吐，面向全球驶纵横。

荇荠[1]

王华根

绰约一身翡翠娇，经霜深宅换"红袍"。

佐餐更是闲仙果，今日过洋"马蹄"骄。

注：

[1] 崇贤荇荠别号"大红袍"；崇贤荇荠出口名"清水马蹄"。

菱白

王华根

梦幻青衣窈窕身，拂云饮露孕玉簪。

燉烹炒煮请佳客，赞美声声此味鲜。

咏崇贤刺绣（三首）

王 峥

一

田头地角柳荫中，每见绣娘参化工。

百事随心天意好，钩挑编织谱玲珑。

二

水乡技艺说传承，图样新翻七色绫。

一树梅开花不老，满园锦绣日初升。

三

帛上和风指下情，千针万线巧经纶。

运河儿女柔如水，绣出人间浩荡春。

咏崇贤运河码头（三首）

王 峥

一

才到码头风振衣，吊车林立耸崔巍。

如山货物看吞吐，长臂斜伸带夕晖。

二

大河一望野烟横，剪水银鸥喜弄晴。

多少车船城北港，人欢机吼唱升平。

三

运河流水走汤汤，汽笛声催我起航。

踏浪分波闯南北，就中难忘是余杭。

咏三家村藕粉（三首）

王 峥

一

盈盈一水翠成堆，过罢清明摸藕来。[1]

霜雪精神藏不住，风情此日向人开。

二

石上研磨水里淘，世间美味出辛劳。[2]

乡村五月晴和日，切玉镂冰忙奏刀。

三

溶粉调羹孰比论？三家村载古书存。[3]

不须月色荷塘夜，入口清香醉客魂。

注：

[1] 制藕粉的藕一般用清明后摸上来的老白藕。

[2] 藕粉手工制作有洗藕、磨粉、淘洗、过滤、沉淀、悬挂、削片、晒干等八道工序。

[3] 明清时期，三家村藕粉已风靡杭城，《随园食单》《陶庵梦忆》及《杭州府志》等均有记载。

三家村藕粉

吴寿松

手削藕粉出"三家"，味美色香好品牌。

总理当年国礼送，友人翘指把它夸！

读陆云松老师《话说大红袍荸荠》一文有感(二首)

吴玉昌

一

洒落饥荒谁救命?荸荠反哺报亲恩。

救灾灵果因人救,物物相通德性存!

二

临危得救大红袍,劫后余生籍没逃。

建设新城开北秀,高扬铁臂向西饕。

荸荠天赐崇贤宝,食客心悬失地遭。

祝福中华名土产,流传百代史家邀。

尝 藕 粉

吴正贵

三家藕粉特有名,总统嘉宾爱尝新。

贡品当年宫廷享,如今送礼还嫌轻。

崇贤刺绣

谢峻龙

刺绣崇贤红似火,飞针走线九州通。

同心绣出人间梦,灿烂宏图万里松。

赞 崇 钢

谢峻龙

崇钢岁岁响晨钟,铁水长流披彩虹。

大厦如林平地起,村头巷尾笑芙蓉。

新　　港

许柏康

崇贤新港运河东,远望龙门矗碧空。

谁忆当年千万吨?[1] 闲来偶在笑谈中。

注:

[1] 新中国成立初期目标年产 1070 万吨钢,只相当于现在一周的产量。

三家村藕粉

徐尔臧

荷花绿叶满池塘，藕熟丝长节节壮。

玉液琼脂晶似雪，稠甜可口酪浓香。

北港口有感

姚徐余

崇贤北港气势壮，万吨物资轮待装。

宽阔运河波涛滚，弘扬英杰德无量。

崇贤红烧蹄髈

章熙坤

陶瓷妙制深红皿，蹄髈铺放满罐盈。

透出久香浓郁味，塘河两岸负盛名。

藕 粉 羹

章熙坤

客至橱开细粉掬，晶莹剔透碗中羹。
香甜诱惑顺喉下，不愧荷仙众口称。

陪嫁削藕刀

章熙坤

红绸系柄一薄刀，出嫁妆奁放镜旁。
手巧姑娘削藕赛，曾得数次第一芳。

崇贤港区

赵昭诚

崇贤良港真雄伟，巨大吊机一列排。
来往轮船波上渡，繁忙货运乐开怀。

三家村手削藕粉

赵昭诚

三家村里藕飘香，"贡品"闻名史久长。

中外贵宾齐赞颂，手削藕粉美声扬。

运河码头

郑长雨

南来北往紧相连，无限商机展眼前。

巨臂提升中国梦，货轮绘美水中天。

藕

卓介庚

一支莲藕三尺长，有节有孔任端详。

污泥难染心皎洁，出水才知品高尚。

藕　粉

卓介庚

白如玉屑扑鼻香，细腻润滑争先尝。
刀削石磨千般苦，奉献人们心亦甘。

三家村藕粉

陈理清

荷花开罢藕生长，出于污泥白净藏。
户户精心排藕节，家家适时采莲忙。
人人动手摸鲜藕，个个洗清水锈肠。
细磨淀成纯藕粉，三家村制远名扬。

崇钢仓库码头所见

陈锡良

隐隐飞桥隔野烟,荷塘尽处运河边。
排空行吊飞鹰爪,深坞甲船走陌阡。
海事雄楼连口岸,品钢高质任双肩。
得天独厚天然港,引领崇贤创巨篇。

读陆云松《话说大红袍荸荠》随感

陈锡良

泥里淘金品在先,马蹄换汇喜空前。
国难果腹尚老路,洼势红娘结远缘。
歧路虽弯终已过,平途尤直会临渊。
崇贤特产琳琅目,美味何愁断宴筵。

参观崇贤绣花厂

陈志良

飒飒东风细雨茫，芙蓉碧水绣花庄。

村姑手巧心灵细，金线银丝缕绣床。

艳菊初放凝白露，蜻蜓点水洒荷香。

秋望皓月春伴雨，咫尺天地入画框。

赞运河码头

陈志良

远景圆梦夸"海港"，运河港口建家乡。

龙门大吊巍然立，海事筹划电脑忙。

万吨钢材卸码头，千艘铁驳驶东港。

京杭水路繁荣景，利泽千秋奔小康。

赞崇贤刺绣

陈志林

杭北崇贤技艺良,但看绣匾既成方。
银针刺出百花锦,巧手招来七彩光。
骏马远驰京广沪,巨龙飞舞达边疆。
文华遗产人人爱,千载传承永赞扬。

崇贤刺绣

韩铭德

漫道村姑欲效颦,生成巧手绣花裙。
鸳鸯戏水春光好,碧水荷花不染尘。
美丽案图工艺湛,流光溢彩妙绝伦。
英雄自古出民阃,绣女崇贤五千人。

大红袍荸荠（二首）

蒋荫焱

一

久歆嘉果出余杭，宜画宜观宜品尝。

万颗浑圆异乌芋[1]，一身鲜嫩喜红装。

秋花位列群芳谱，药力名存本草方。

清水马蹄声誉在，忽闻绝种实堪伤。

二

优选千年种水田，大红袍是果中仙。

玲珑每入丹青里，喜悦常陈主客前。

醒脑解醒医病酒，疗饥引嫁度灾年。[2]

感怀我欲亲名物，产地长嗟已失传。

注：

[1] 乌芋即荸荠，黑皮。

[2] 据 1982 年人口调查，"大跃进"后三年困难时期，崇贤一地赖有荸荠勉强代粮，引致省内外不下四千姑娘嫁来落户。20 世纪后期已被弃种。

崇贤码头

康烈华

崇贤码头好风光，马达轰鸣昼夜忙。
车如长龙吐百物，舰似巨库吞宝藏。
钢臂擎起千钧重，铁舟运送万里畅。
五湖四海通达处，人间大地换新装。

三家村藕粉

康烈华

崇贤藕粉历史长，三家村名世流芳。
春来万荷田畈绿，夏收玉藕垒成岗。
五指巧手技如魔，六道工序艺无双。
摸洗削晒一气成，调成琼膏万众享。

崇贤刺绣

李友法

飞针走线绣宏图，神功巧妇心意多。
针针犹如织女作，线线更比嫦娥舞。
荷花杜鹃映明月，山岩青松偎碧流。
崇贤刺绣甲天下，鹏程万里欧亚游。

赞崇贤港

李友法

运河侧畔崇贤港，吊塔遍地船成行。
于今气势多宏伟，原是僻野密田埂。
钢材卷卷堆成山，铁管捆捆满天下。
崇贤钢铁赛宝钢，祖国建设挑栋梁。

崇贤新港

王华根

富春控股崇贤港，立地擎天意气昂。

高吊龙门移日月，万吨轮驳接京杭。

沧桑莫道千年梦，漫步雄关万里强。

五十年前三里漾，一蓑风雨一船霜。

三家村藕粉

王祖庭

地势低落土质深，适宜种藕天酬勤。

藕粉出在三家村，销售远方各路人。

先销鲜藕采藕节，清明以后销藕粉。

历史悠久几百年，要比西湖[1]早出生。

注:

[1] 西湖:此处特指西湖藕粉。

荸荠

卓介庚

南风起时荸苗种，水田一望多葱茏。
秋后荸叶渐枯萎，泥中根块结紫琼。
寒冬满畈冰霜厚，赤脚下田谁惧冻？
摸得地果心欢喜，妇姑犹如小顽童。

崇贤船港

卓介庚

遍地吊车力无穷，千吨泊岸百艨艟。
遥看河面舟如蚁，近数港湾箱成垒。
民夫穿梭长流水，车轮来回接地龙。
百货通畅水乡富，财气东来造化功。

石塘肉[1]

卓介庚

红烧猪肉名石塘，四角方方似砌"墙"。

黄酒酱油熬成卤，腐皮千张铺益彰。

穷年过节只供看，富日餐宴已平常。

曾几何时艰辛度，珍惜今朝好时光。

注：

[1] 红烧肉在碗中排列整齐，如石块砌墙，穷人家在年初几日，为招待客人，自己家的孩子只许看，不许吃。

词

临江仙·崇贤港即景

丁金川

汩汩运河南去水,浪拍良港崇贤。龙门[1]座座仰长天,听笛声去远,看鹭吻潺潺。

百舸驶来帆片片,千车逝去旋旋,江南物阜通夷番。码头织网点,水陆路相连。

注:

[1] 龙门,指码头上的龙门塔吊。

浣溪沙·崇贤刺绣

王华根

凤舞龙翔荷蟹虾,牡丹鲜艳染朝霞。吉祥福兆小康家。

巧夺天工神女手,一丝绢绣四时花。崇贤儿女爱中华。

浪淘沙·崇钢集团

步慎观

昔日小街旁，几间平房。火红年代激情扬。小小作坊成大厂，敢创辉煌。

风雨历沧桑，盛世图强。审时度势做文章。挥洒纵横新创意，前景无量。

浪淘沙·咏崇贤港区

潘友福

铁臂耸云天，鸥鸟飞旋。崇贤港区现眸前。招商投资圆梦想，远瞩高瞻。

车载奏歌吟，高铁飞连。巨轮鸣笛港城妍。开发运河兴伟业，造福崇贤。

舞春风·参观崇贤港

潘友福

观光赋众意飞扬，结队驱车向港疆。口岸呈祥争跨越，园区献瑞亮新装。

招来巨商宏图展，建设新城赋锦章。开发港区昭日月，丰碑耸立永留芳。

卜算子·藕

许柏康

近日访崇贤三家村，过荷塘，看藕粉厂，颇有感触：藕身处淤泥，默默无闻，荷叶荷花自古备受推崇，心觉厚此薄彼而填词赞之。

荷叶共荷花，根在泥中屈。九月秋凉出水来，方见形如玉。

节细见虚心，片断轻丝续。剔透晶莹色淡红，更喜清香郁。

西江月·三家村藕粉

姚林中

问史书中多记,扬名海外曾闻。透红细腻赞言纷,尽享余杭水韵。

十里藕田培植,千年洼地耕耘。崇贤自古尚民勤,更记品优曾奋。

西江月·咏杭州余杭富春崇贤金属港

姚林中

仓库成排货满,港区分块车连。繁忙应忘忆从前,荷叶接天归晚。

高速数条近此,运河千里通船。加工贸易搭台全,钢铁新城岂远。

临江仙·咏三家村荷藕

葛 杰

沾驾桥头翻碧浪，三家村里荷馨。风摇尖叶戏蜻蜓。枝擎翠盖，玉立满洲汀。

抗腐却泥尘不染，心虚杆直姿菁。无惧暴雨与炎蒸。藕磨成粉，美誉贯杭城。

一剪梅·三家村藕粉

葛 杰

沾驾桥头荷色娇。玉立亭亭，画笔难描。不枝不蔓尽风骚。摇曳风中，香透云霄。

手削加工品自高。江浙苏杭，老店经销[1]。名牌藕粉胜琼肴。电话声声，订单如潮。

注：

[1] 塘栖百年汇昌与聚源昌两家老店，是销售三家村品牌藕粉的名店，享誉苏浙一带。

浪淘沙·三家村藕粉

夏洪华

翠扇缀红葩,君子之花。满身香雾映朝霞。喜爱三家村里住,根植泥洼。

玉洁粉尤佳,香正堪夸。游朋尝试赞声加。携带回家亲友送,享誉无涯。[1]

注:

[1] 美国总统称赞三家村藕粉并带回国。

［越调］天净沙·初到崇港

马炳洲

天心丽日和风,崇港两岸葱茏,燕舞莺歌瑞拥。货轮聚集,吊车升降互动。

水乡诗吟

第四章 · 红色摇篮

鸭兰村革命纪念馆

沈嘉新

丹心昭日月，正气薄云天。
壮士人中杰，辉煌革命篇。

参观鸭兰村革命旧址

谢峻龙

火种鸭兰村，先人主义真。
心头藏梦想，举手敢献身。
救国忠于党，保家情意深。
如今享幸福，后世成年春。

鸭兰村建党之初

陈法根

鸭兰建党不平凡,岁月峥嵘过险滩。

播火领航民得益,减租降息绩连连。

余杭第一次党代会在鸭兰村召开

陈法根

千亩墩河水蕴情,太平庵内起波涛。

引航民众多争斗,欲破昏沉碎锁牢。

鸭 兰 村

陈烈夫

历尽沧桑九十年,鸭兰薪火代代传。

春风又绿小康道,喜展宏图谱新篇。

鸭兰村

陈明松

沉沉长夜鸭兰醒，建党杭城第一村。
史迹流传人铭记，腾飞致富小康迎。

鸭兰村——永恒的名字

陈锡良

鸭兰无怪取名土，镰斧铮铮不凋歌。
支部气灯长夜亮，乾坤世界红色波。

赞创建杭县农村首个党支部

陈锡良

青春抱志不思惊，七尺治疴救苍生。
双减牛刀冲旧制，燎原火种育精英。

鸭兰星火

丁金川

一颗星火落鸭兰,血雨腥风何日安?

幸有狂飙平地起,始得故地换新颜。

颂鸭兰村早期党支部

胡正陶

平地一声霹雳雷,红旗漫卷报春来,

鸭兰奋起农奴戟,顽敌闻声丧胆哀。

鸭 兰 村

蒋荫焱

压澜[1]终未压波澜,苦海当年怒浪翻。

革命领先擎赤帜,改天换地立标杆。

注:

[1]压澜:方志考证有一说,鸭兰村名应为旧时运河压澜桥名之讹传。信是。

访中共鸭兰村支部（二首）

楼福祥

一

余杭西镇响春雷，革命怒火满胸怀。

中共是咱领路人，薪火相传幸福来。

二

余杭西镇春雷早，霹雳炸开旧世牢。

一盏明灯心底亮，燎原薪火代延烧。

瞻仰鸭兰村党支部旧址有感（新声韵）

楼世德

鸭兰民众放头炮，摧毁统治觉悟高。

英烈业绩传后世，人们世代祭英豪。

参观中共鸭兰村支部旧址

鲁 东

红色景点人拥人，中共旧址面貌新。

昔日农奴革命闹，响起春雷第一声。

鸭兰村（二首）

马炳洲

一

革命圣地鸭兰村，唤醒民众千百心。

斗争锋芒刺劣绅，奋起抗战扭乾坤。

二

西镇暴动震天下，烈士献身热血洒。

革命火种已燎原，怒火燃出新世界。

参观红色鸭兰村感赋[1]

裘维炯

星火燎原鸭兰村,七弦琴韵古文明。

千秋万代心灵美,和平自由华夏人。

注:

[1] 杭县共产党组织的星星之火就始于鸭兰村。共产党人在这里写下了光辉灿烂的历史。这里还有人制作古文明的代表之一的七弦琴。这表现中华人民的心灵之美,既热烈追求自由民主,又积极向往和平幸福的善良美好的心灵。

缅怀崇贤鸭兰村
第一任党支部书记马国华先生

荣柏林

大义当年赴国危,鸭兰村上擎红旗。

魂归喜看崇贤地,火递薪传盛世时。

鸭兰桥怀古

沈一斌

鸭兰桥下岂无鸭？试水潮头呱复呱。

呱醒世人强国梦，争挥热血荐中华。

鸭兰村革命历史陈列观后

宋佐民

幽楼旧宅忆当年，血火沧桑胜利篇。

共产宣言大同梦，英雄胆气薄云天。

瞻仰中共鸭兰村支部旧址有咏（三首）

王 峥

一

率先一马越重峦，播火当年夜正寒。

拼得头颅腰上挂，敢教浊世起狂澜。

二

指点江山赋壮猷,鸭兰义帜举从头。

三楹木屋谁言小,独领风骚是此楼。

三

劲草凌风旧战场,掀雷欲化漫天霜。

中宵舞剑歌慷慨,留取豪情入史章。

鸭兰村印象

吴寿松

一九二七支部建,领先杭县走前沿。

而今绣出新生活,难忘鸭兰气象鲜!

首建党支部

吴正贵

京杭运河崇贤乡，鸭兰支部领头羊。

"八六"春秋党魂铸，彪炳史册导新航。

瞻仰红色党支部旧址——鸭兰村

徐尔臧

东方欲晓将何往，志士仁人探索忙。

救国兴邦头可断，忠魂烈骨世流芳。

鸭兰村（二首）

姚徐余

一

一路水清荷叶碧，鸭兰村里觅史踪。

支部建立九十载，革命精神世代弘。

二

新楼古屋布村境，溪清流水细声声。

世居人家客盈舍，竞向美丽鸭兰村。

观鸭兰村中共党支部陈列室（三首）

章熙坤

一

南湖种火溅鸭兰，一马领先十马伴。

铁耙高举别动队，运河边上红一点。[1]

二

一泥监狱陆军基，烈士当年血染遗。

建宇拿来墙作底，无言默默作何祈。

三

胸狭量窄谋独裁,手狠心毒祭捆绳。

自古正义不低头,杭县涌现鸭兰村。

注:

[1] 1927 年冬,马国华入党,发展马九成、马有顺等 10 名党员,成立鸭兰村支部,马国华任书记。组织农民别动队,活动在运河边上。

鸭兰村

赵焕明

河前河后绿参差,红掌鸭兰波涌时。

英杰雄风开阖处,民生革鼎打头旗。

鸭兰村

郑长雨

星星之火已初燃,志士誓摧桀纣天。

盛世应温受辱史,国强民富忆先贤。

瞻仰中共鸭兰村支部旧址

薄松涛

八十年前老阁楼，斧镰旗举看吴钩。

几番雷殷[1]星星火，多少风生矫矫骉[2]。

地下熔岩窥势突，胸间热血挟仇流。

鸭兰代有英才出，留取丹心照九州。

注：

[1]殷(yǐn)：上声，吻韵，雷声震动。司马相如《上林赋》："车骑雷起，殷天动地。"

[2]矫矫：勇武强壮，卓尔不群的样子。骉：鸭兰村早期党员9人中有8人姓马。

鸭兰村党支部

陈理清

鸭兰人杰地灵庄，党的光辉照此方。

廿七年时支部建，如今党委力量强。

辉煌历史令人佩，艰辛年间都勿忘。

欣见村新人更美，男耕女绣锦花香。

鸭兰春雷

陈志良

运河千里闹灾荒,沃野洪涝淹淮黄。

饥鹬枯枝觅饿殍,犬狂吠日民受殃。

鸭兰组织贫农会,西镇农民慨而慷。

魑魅惶恐惊终日,农民喜庆巨雷响。

鸭兰薪火

陈志良

鸭兰旧址展西村,陋屋鸡鸣司晓晨。

长夜茫茫望北斗,寒冬漫漫盼黎明。

工农敢擎造反帜,财主惊慌丧鬼魂。

国际歌声响世界,红旗漫卷定乾坤。

缅怀鸭兰村革命先烈

陈志林

算来八十五年前，星火西区欲燎原。
白匪逞凶施恐怖，青驹含屈入牢监。
千军决胜翻身日，万众狂欢改革天。
泉下先人魂可晓，鸭兰今又写新篇。

访中共鸭兰村支部旧址

黄海燕

胸怀天下为民忧，黑夜启明星火楼。
桑梓霹雷华夏响，独山持戟万人游。
云兴霞蔚闹农会，义正辞严惩恶酋。
血染江山芳未歇，千帆竞发看东流。

西镇惊雷

康烈华

春雷轰鸣鸭兰村,西镇怒火天下惊。

众怨高举刀锄戟,群愤冲荡田主门。

土豪劣绅到处窜,反动官府几丢魂。

头颅换得乾坤转,鲜血洒就道路新。

纪念中共鸭兰村支部成立八十六周年

潘友福

红色鸭兰八六年,崇贤一片艳阳天。

光辉历史前人创,继往开来大梦圆。

建设旅游千代唱,文明法治四星镌。

先锋组织工程好,编制生活美似仙。

鸭兰村（二首）

王华根

一

运河岸畔鸭兰村，大气千秋常记心。

千亩墩前星火点，独山脚下霹雷奔。

减租减息争自由，不屈不挠为升平。

许诺青春终有值，喜看今日梦成真。

二

鸭兰村景四时佳，如画如诗谁不夸。

村口榴花燃焰火，小园金果挂枇杷。

屋前池暖多莲叶，碑树千秋遍绮霞。

翠绿平畴流异彩，创新业绩报京华。

颂鸭兰村地下党支部

卓介庚

曾记长夜民凋敝,忽闻吼声起小村。

水乡沉沉喘声急,旷野续续白头吟。

秘传星火举义旗,隐递柴薪沥胸襟。

热血浇开烈士花,迎来黎明转乾坤。

鸭兰村建党早

王祖庭

鸭兰建党比较早,二七六月支部群[1]。

影响扩大三个村,发展党员廿四名。

建立协会夺阵地,减租减息斗敌人。

农民运动声势大,影响周围多个村。

特务警察乱抓人,骨干抓进住牢门。

党的工作转地下,党的活动有后人。

发展党员建党委,解放奋起鸭兰村。

带领党员和村民,由穷变富走富门。

翻天覆地村容变，由富变美小康村。

杭州五星文明村，组织荣誉广传闻。

注：

[1] 1927 年 6 月，鸭兰村已建有多个党支部。

詞

采桑子·鸭兰村旧地

步慎观

鸭兰岁月看遗址,四壁烽烟。重现当年,星火燎原遍地燃。

减租抗息风雷激,震撼云天。与敌周旋,不屈精神世代传。

菩萨蛮·崇贤今昔

陈志良

鸭兰村上新荷翠,荷塘柳影飞云淡。稻稔熟秋岚,芙蓉风中迴。

运河流千载,"农运"风云灿。揭竿闯起义,红旗天下辉。

浣溪沙·访鸭兰村红色旧址

范次刚

春雷独山薪火花，明灯红浪簇朝霞，雨中夜话闯天涯。

如今鸭兰绣中华，新容留影乐开怀，芳邻处处是人家。

满江红·参观鸭兰村革命旧址

葛 杰

二七年间，茫茫夜、狂风不歇。抬望眼、怒潮翻滚，壮怀激烈。"七马一姚"租米退，分田分地言如铁。为革命、热血洒江南，毋悲切。

运河水，惊涛叠。烽火起，红旗揭。挺身担大义，乃真豪杰。每到鸭兰观旧址，总怀烈士刑场血。西镇美、浩气汗青存，蓝天蔚。

千秋岁·红色鸭兰村

韩铭德

小屋红旗,照亮翻身路。农会建,燃星火。减租风雨急,风暴云水怒。九贤俊,彪炳史册石碣赋。

山水仍无恙,往事悠悠说。贤壮士,马金生。祖胸陈往昔,弹片穿臂过。光荣史,后人激励传千古。

浣溪沙·先觉巾帼

康连耿

旧恨新仇志不移,阿蓝巾帼胜须眉,披星戴月听晨鸡。

血雨腥风寒夜戾,红装不抒着缁衣,先贤热血铸宏基。

眼儿媚·缅怀中共杭县第一党支部旧址

潘友福

初夏晨风正当时，莺燕舞迎诗。阴凉好雨，枇杷妆路，赤染情思。

明清旧址神光彩，镰斧驻红旗。鸭兰并足，琳琅满目，似醉如痴。

清平乐·红色鸭兰薪火传

唐吉太

燎原之火，霸主施颠簸。亿万工农群起挫，冲击千年枷锁。

鸭兰圣火高擎，坚强领导英明。壮志何愁恐怖，春雷动地惊醒。

行香子·鸭兰村

夏洪华

树绕村庄,水满池塘。倚东风、豪兴徜徉。鸭兰漫步,满目春光。有歌绕梁,绣花赏,藕花香。

红史悠长,隐隐平房。党支建,革命旗扬。观光巴士,文化长廊。看古戏台,燕儿舞,蝶儿忙。

西江月·鸭兰村

姚林中

百屋静连小径,千田绿映高楼。江南村景引人眸,更赏满塘莲藕。

水碧风来波漾,云低气湿鱼游。谁家媳妇急衣收,相告惊来鸡走。

浣溪沙·红色鸭兰

赵昭诚

血雨腥风黑夜长,惊雷阵阵鸭兰煌。熊熊薪火遍余杭。

继往开来新创业,绣花莲藕果鲜香。民丰港伟靓村庄。

水乡诗川

第五章·文化传承

赠崇贤斫琴师马岳思（四首）

陈国明

一

古琴谁始斫？上可溯唐尧。

今有徐传马[1]，精工百代超。

二

佳木良工得，三年斫一琴。

虽为高古调，毕竟有知音。

三

绳墨量材用，何须羡栋梁？

枯桐经烈火，焦尾[2]世称良。

四

此地崇贤士，人贤土亦香。

抚琴臻至治，古意实悠长。

注：

[1] 徐传马：徐指徐匡华，马即马岳思。徐匡华为当代斫

琴名师,马岳思得其真传。

[2]焦尾:即焦尾琴,古代四大名琴之一。《后汉书·蔡邕传》:"吴人有烧桐以爨者,邕闻火烈之声,知其良木,因请而裁为琴,果有美音,而其尾犹焦,故时人名曰焦尾琴焉。"后因称琴为焦桐。

[3]传说孔子的弟子宓子贱做县令,身不下堂,弹琴读书,就把辖区治理得井井有条。

水乡诗吟

第五章·文化传承

崇贤文化颂

潘友福

崇尚贤德宣,藕粉世人延。

漫步家园酷,民间拾艺传。

古琴斫制绝,刺绣万家联。

村办文化节,场场观众千。

横山行吟（四首）

黄海燕

一

白鸟冲天翮，翩翩苍翠间。

北坡穿巨石，南麓觅龟泉。

雨过春桃熟，风催秋橘丹。

罾收传唱晚，声断夕阳边。

二

倚桥观远翠，山色醉明眸。

客渡唤声远，船艄摇橹悠。

莲池惊映雪，枫叶喜吟秋。

欲识横山面，还从马举[1]游。

三

古寺藏深秀，风姿夺玉环。

名臣亲手植，天下竞流观。

坦荡真君子，翩跹蓬岛仙。

香魂千古在，佳句永流传。[2]

四

鳌峰看积雪[3]，天地莽苍苍。

云路千村达，银河[4]万里航。

曾迷莲藕碧，更忆荸荠香。

莫笑新醅酒，寒冬醉梦乡。

注：

[1] 马举：马举人，名马慕蔺，清朝道光年间隐居于横里鸣兰村（今属崇贤镇），曾作《横溪十二咏》（一作《独山十二咏》）以自娱，当时和者有魏士龙、马慕援、黄荫詹、邹祖思等人。

[2] 这两句指明于谦《石灰吟》："千锤万凿出深山，烈火焚烧若等闲。粉骨碎身浑不怕，要留清白在人间。"世传普宁寺牡丹为于谦所植，至今茂盛。

[3] "鳌峰看积雪"句，即鳌峰积雪，马慕蔺《横溪十二咏》景点之一。"十二咏"依次为：《横山白鸟》《独港渔罾》《南峰龟泉》《北岩巨石》《圩泾客渡》《斜桥远翠》《云坞春桃》《阑村秋橘》《金兜白莲》《古寺牡丹》《小山红叶》《鳌峰积雪》。

[4] 银河：此指京杭大运河。

无　题

李雪华

闻道崇贤镇，有人做古琴。

此行虽未到，长存敬仰心。

崇贤有古意，古琴添古韵。

古意兼古韵，共铸民风淳。

赏陈庚申先生画作

楼世德

往事生动现身，洋溢昔日风情。

民俗民风流传，功绩世代留存。

文化大发展

陈明松

崇贤处处啭春莺，社区活动适民情。

文体中心规模大，吟诗作画一新城。

致崇贤文化中心

蒋荫焱

名区悠久世崇贤，懿德弘扬责在肩。

人向艺文求善美，得真富贵小铜钱。

崇贤旧迹咏（六首）

金 耘

独山（一）

遥看金鳌[1]伏平川，歧水环山碧连天。

鸦乌夜来刮嗓过，钟磬不闻吁鸣泉。

独山（二）

一岗独峙碧波间，雾遮云拱草木崴。

厂房高楼四野合，再无渔舟唱晚归。

三 家 村

十里荷香绕杭城，唯有三家洗藕粉。

无愧江南第一品，味醇赢得总统评。

沾 驾 桥

沾桥港上小拱桥，闻说乾隆泥沾桥。

可见乡村路泥泞，应知民间怨声高。

南山讲寺

南山藏寺唐末建，同年文益[2]入佛殿。

香烟缭绕千年旺，禅宗大派名"法眼"。

普 罗 院[3]

鸭兰桥畔普罗院，地处往河上下间。

风霜雨雪行人难，饭僧宿客待晴天。

注：

[1] 金鳌：独山原名金鳌山，山上有云拱禅院，有龟泉。

[2] 文益：余杭崇贤人，唐末五代高僧，剑立"法眼宗"。

[3] 鸭兰村鸭兰桥头有普罗院，为便利运河过客僧人，桥和寺都为普宁寺方丈海理碑建。

赞崇贤报

康烈华

一张小报连万家，时事政治加文化。
崇德尚贤作用显，精神文明育鲜花。

文体中心

李雪华

昔日狭促房一楗，而今巍巍楼一栋。
远客若问家乡事，沧海桑田转眼中。

文化强镇崇贤

楼福祥

崇贤文化繁荣景，特色功房科目新。
文学群才乡土足，轻歌曼舞乐天伦。

赞《崇尚贤德》报（新声韵）

楼世德

街道办报美名传，《崇尚贤德》入户来。
村民多多受教益，推动建设掀波澜。

赞文体中心

鲁　东

书室画廊健身苑，现代设施功能全。
男女老少同欢乐，下棋上网享天年。

崇贤文化拾零（三首）

马炳洲

文化中心

汇集文化于一体，摄影舞蹈习技艺。
展示文明颂历史，求知学艺芳草地。

崇尚贤德

小报一份传千家，明知大事望天涯。

弘扬正气咒邪恶，自重鞭策创和谐。

崇贤丛书

集民间传说风情，编趣事历史传人。

传非遗文化遗产，扬社会道德文明。

文体中心观感

裘维炯

电梯直上九重天，锻炼健身器械全。

更有图书藏万册，下班娱乐赛神仙。

古琴专家

宋佐民

高山流水出佳音，世代名家继古琴。

研制课徒精湛艺，钟俞造里访贤人。

三家村咏荷（二首）

吴玉昌

一

荷花仙子远尘埃，喜爱水云乡里开。

藕叶接天蜂蝶舞，神奇世界赛蓬莱。

二

亭亭净植暗香浮，藕叶风翻舞翠绸。

何处赏荷称第一？三家村里弄珠游。

读 简 报

吴正贵

崇贤简报不简单，浓缩精华靓崇贤。

家事情系天下事，民心党性紧相连。

强 文 化

吴正贵

文体设施大而强，才艺高手遍镇乡。

非遗花灯显特色，省级强镇亮红榜。

庆 端 阳

吴正贵

"双五"佳节粽米香，运河龙舟竞飞桨。

家家蒲艾避"五毒"，户户欢聚品"五黄"。

赠 图 书

吴正贵

八秩党员姚会仁，藏书千册赠乡亲。

鸭兰薪火年年旺，农村书架日日新。

崇贤文化好

谢峻龙

崇贤桃李满枝红，勤做文章苦练功。

自导自演才气旺，晨光夜曲唱西东。

崇贤文体中心

俞祥松

修身健体汇一楼，聚宝藏珠悦眼眸。

翰墨丹青歌盛世，琴声笑语引飞鸥。

初夏崇贤的古琴声（四首）

詹秉轮

一

清末期间奏古琴，葆珊元白[1]闽浙军。

崇贤沁腑琴声起，马家旋律传情思。

二

初夏有幸访"瑶音"[2]，马家父女迎客亲。

"龙池""凤沼"[3]相和唱，清脆圆润迷诸君。

三

马慕蔺题十二吟[4]，传来瑶音天籁声。

崇贤一吟今何在？马岳思[5]承矽古琴。

四

新城古琴扬曲声，崇尚贤德诵佳音。

感恩和睦家圆美，应是崇贤十二吟。

注：

[1] 李葆珊（笔者外祖父）为闽派古琴领军人物，徐元白为浙派古琴领军人物，他俩是琴友。

[2] "瑶音"：崇贤街道徐元白古琴传人马岳思的古琴品牌。马岳思拜徐元白之子、徐派古琴第二代传人徐匡华为师。

[3] "龙池""凤沼"：古琴主要发音孔。

[4] 此句指清同治年间，举人马慕蔺为崇贤家乡独山题名《独山十二咏》即独山十二景，但遗下一咏未写。

[5] 马岳思：徐元白古琴传人。

阅《崇贤》季刊

赵焕明

老乡写作老乡看，现代风和村俗传。
不向黄金屋里住，心荷欣悦俚风吹。

崇贤文化

赵昭诚

崇贤文化德占先，简报丛书众意牵。
文体中心真气派，健身培训喜开颜。

颂崇贤文化

陈理清

杭州北秀是崇贤，挖掘传承敢领先。
建筑精良房式好，中心大楼效能全。
图书电子排戏室，体育文娱影院连。
办报丛书讴尚德，省颁先进创新篇。

读《爱的承载》感怀

黄海燕

一枝彩笔爱无限，满目葱茏万象春。

《苦夏》《卖桃》知五味，《十年》《经历》转金轮。

《归乡的梦》最真切，《不惑之年》自在身。[1]

流水高山金石韵，崇贤崇德到而今。

注：

[1]《苦夏》《卖桃》《十年》《经历》《归乡的梦》《不惑之年》
均为"崇贤文化丛书"中《爱的承载》中的精彩篇章。

崇贤繁荣文化的典范

唐吉太

经济繁荣文化宣，大楼耸立史无前。

唱歌跳舞强身体，崇尚德贤孝在先。

半月报刊传到户，季临杂志出炉鲜。

文创产业放光彩，推进群文欢乐天。

荷

吴玉昌

荷花荷叶爱金阳，水下香泥是藕床。
孕育怡颜强智质，功成美味引年浆。
唐时骚客留诗印，宋代文星续绮章。
出土莲蓬千载上，催甦大梦耀银塘。

莲藕本是孝子身

吴玉昌

相传，严冬母病思食芡实补身，儿子冒寒入池塘，冻僵而殒命。乡邻寻尸，初次发现泥底有如人臂、似人腿一样粗壮的莲藕，视为孝子化身。

三家村富水生财，故事原从孝子来。
病母御寒思芡食，良儿殒冻觅尸回。
寻人发现泥中藕，得体支离梦里孩。
此后莲荷供圣哲，慈亲落胃正阳开。

崇贤文化中心大楼

章熙坤

崇贤敬士起高楼,育智修身设讲台。

万册图书供阅览,一排教练俱英才。

交流简报重德先,撰写丛书选土材。

字画欣析多异彩,厢廊荷笔久徘徊。

词

雨霖铃·省文化强镇崇贤印象

韩铭德

初夏雨歇,崇贤风采,靓色横溢。文化中心大气。图书馆,书刊林立,阅者求知心切,竟鸦无声息。见奖杯,橱里琳琅,文化强镇噪省级。

艺术队伍名前列。演练厅,响亮歌声急。太极气功跳舞,身健苑;莹光球场,目不暇接。简报凝为党群喉舌,便纵有,巨笔千枝,硕果难尽述。

菩萨蛮·参观崇贤文化中心

李友法

闹市楼宇别样景,庭深廊宽皆画音。随见文体具,书籍架满盈。条例壁上印,句句吐真情。若临活动时,夜阑人潮欣。

第五章·文化传承

水乡诗吟

鹧鸪天·赠崇贤陆云松先生

潘友福

陆地冲云一劲松,弄文舞墨铸丰功。崇贤立足人文梦,阵地腾飞主骨风。

挥壮志,打先锋,帮扶人就乐无穷。一刊一报新奇美,锦绣文章万代荣。

画堂春·参观崇贤文体中心书画陈列

宋佐民

明楼客至雨丝飘,崇贤东主相邀。春晖满室兴弥高,好誉如潮。

墨韵多推高挺,丹青首屈宗峣。精工巧手绣妍娇,巾帼神豪。

醉太平·新校美

夏洪华

光阴岁更，黉堂建成。道宽场广绿迎。更春风德馨。

楼高室明，传来笑声，座中多是精英。看雏鹰昊腾。

水乡诗巛

附录·楹联

崇贤街道联

步慎观

万象更新，宏观拥控歌决策；
千秋大业，造福人民颂党恩。

沾驾桥联

步慎观

物流云集运河，逝水映帆影；
御驾亲征南域，镌名遗古风。

崇贤尚德联

胡正陶

崇贤开伟业；
尚德举清廉。

鸭兰村戏台联

许柏康

琴箫鼓钹勾陈天下千年事；

歌舞说唱演绎鸭兰一代人。

鸭兰村戏台联

赵焕明

尚德古今同青史英才已成大戏；

尊贤天地和鸭兰活剧正及高台。